Thomas Brezina

Un caso para ti y el

EQUIPO TIGRE

La maldición del faraón

Ilustraciones de Werner Heymann

sm

Joaquín Turina, 39 28044 Madrid

Primera edición: octubre 1997
Tercera edición: enero 2000

Dirección editorial: María Jesús Gil Iglesias
Colección coordinada por Marinella Terzi
Traducción del alemán: José A. Santiago Tagle
Ilustraciones: Werner Heymann

Título original: *Der Fluch des Pharaos*

Joaquín Turina, 39 - 28044 Madrid

Comercializa: CESMA, SA - Aguacate, 43 - 28044 Madrid

ISBN: 84-348-5625-5
Depósito legal: M-46274-1999
Preimpresión: Grafilia, SL
Impreso en España/*Printed in Spain*
Imprenta SM - Joaquín Turina, 39 - 28044 Madrid

¡Hola! Somos el Equipo Tigre

Biggi – Tenaz como un tigre
Luc – Listo como un tigre
Patrick – Fuerte como un tigre
______________ - ________ como un tigre
(tu nombre)

Nombre: Patrick
Edad: 12 años
Mis puntos fuertes: Antes era gordo, ahora soy todo músculos. Entreno todos los días. Algunos dicen que tengo poco seso. ¡Tonterías!
Mi mayor problema: A veces me falta valor. ¡No lo vayáis diciendo por ahí!
Lo que más me va: Las películas de acción, los chistes y las cosas divertidas, el deporte, mi conejo Benny.
Características: Casi siempre voy con chándal.

Nombre: Biggi (diminutivo de Birgit)
Edad: 12 años
Mis puntos fuertes: Colecciono de todo, y prefiero ocuparme de las cosas personalmente.
¡A veces los chicos son de lo más patoso!
Mi mayor problema: ¡Soy dura de mollera, y eso suele irritar a los demás!
Lo que más me va: Las prendas holgadas, los helados de avellana, las cosas ricas, la cocina, los caballos.
Características: Me paso el día comiendo.

Nombre: Luc
(diminutivo de Lucas)
Edad: 11 años
Mis puntos fuertes:
Me apasionan los experimentos, los ordenadores y los aparatos que tienen control remoto. ¡He construido un frigorífico volante!
Mi mayor problema: A mi alrededor reina el caos. ¡Siempre hay algo que no encuentro!
Lo que más me va: Las hamburguesas, los libros sobre vikingos, inventos y cosas por el estilo; mi bloc electrónico, que he transformado en una máquina de locura.
Características: Siempre llevo conmigo un maletín especial.

¡Ahora ya eres uno de los nuestros!
Haz tu presentación:

Pon tu foto aquí

Nombre: ____________________

____

Edad: ____________________

Mis puntos fuertes: ____________

____

____

____

Mi mayor problema: ____________________

____

____

Lo que más me va: ____________________

____

____

Características: ______________________

____

____

¡Enseguida comienza un nuevo caso para ti y para nosotros!

IMPORTANTÍSIMO

Tú puedes participar activamente en esta aventura. Responde a las distintas preguntas planteadas, utilizando las pistas y el cerebro.

Las preguntas se representan de este modo:

¡Busca la pista que lleve a la respuesta correcta! El bloc electrónico de Luc te dirá si has acertado. Para ello, coloca encima el descodificador del Equipo Tigre y gíralo suavemente hasta que puedas leer la solución.

El descodificador y todo lo que necesites para resolver el caso está en el sobre que encontrarás al final del libro.

¡No te olvides! Anota en la Tarjeta del Caso un punto por cada acierto. La encontrarás en la página 125.
¡Y ahora, empieza la aventura!

Algo no funciona...

El viento caliente del desierto les dio en la cara cuando los tres miembros del Equipo Tigre bajaron del amplio automóvil negro. Durante el largo trayecto desde el aeropuerto el aire acondicionado les había proporcionado una temperatura muy agradable. Por eso ahora aquel calor abrasador les parecía todavía más insoportable.

Ahmed, el conductor vestido de blanco, señaló un gigantesco agujero en la arena y dijo:

—Míster Lucas, ahí abajo encontrará usted a su tío. Ya le está esperando.

—Bien. ¡Vamos allá! –exclamó Luc echándose al hombro la mochila.

También Biggi y Patrick cogieron su equipaje y lo siguieron hasta el borde del enorme cráter. Cuando miraron al fondo, dejaron escapar un largo silbido de admiración. Tenían ante ellos un valle artificialmente excavado en el que se encontraba una pirámide de unos treinta metros de altura. Hasta unas semanas antes había estado sepultada bajo la arena del desierto, pero el tío de Luc, el profesor August Carter, la había descubierto y desenterrado con la ayuda de cientos de colaboradores. El profesor era egiptólogo y esperaba encontrar en la pirámide valiosos tesoros artísticos.

—¿Qué aspecto tiene tu tío? –preguntó Biggi.

Hacía ya tiempo que Luc no lo veía, así que tuvo que pensarlo un poco.

—Creo que tiene el pelo oscuro y barba. Y siempre lleva dos pares de gafas: unas en los ojos y otras sobre la frente.

En aquel instante, en torno a la pirámide reinaba un silencio absoluto. Las tiendas de campaña en que habitaban el profesor y sus colaboradores parecían estar vacías.

—Probablemente estén todos en la pirámide –supuso Biggi.

Juntos bajaron por la cuesta. Después de dejar sus mochilas en el campamento, se dirigieron a la entrada de la pirámide, que más bien parecía un agujero.

En el interior de la antigua edificación retumbaban sonidos profundos, parecidos a los de un órgano. Simultáneamente, empezaron a notar un olor dulzón.

De pronto, oyeron extraños ruidos y arañazos provenientes de una de las oscuras galerías.

—¿Qué… qué es eso? –preguntó Patrick, asustado.

Lucas, armándose de todo su valor, gritó:

—¡Eh! ¡Tío August! ¿Estás ahí dentro?
Pero, en vez de una respuesta, sonó un fuerte griterío. Y al momento salieron de la galería numerosas personas. Marchaban con paso rígido, como si fueran títeres accionados a

distancia. Jadeando, se dejaron caer sobre la arena caliente.

—¿Qué... qué les habrá pasado? –preguntó Patrick, extrañado.

Luc sacó de su bolsa la cámara instantánea

y fotografió a los hombres que yacían inmóviles en el suelo.

—¿Dónde estará mi tío? –exclamó, mirando por todas partes.

¿Dónde está el tío de Luc?

¿Qué sucedió en la pirámide?

Luc corrió hacia su tío, se arrodilló junto a él y preguntó:

—Tío August, ¿qué ha pasado?

El arqueólogo no respondió, sólo miraba hacia arriba con los ojos muy abiertos. Por fin, movió los labios lentamente y jadeó:

—¡Amamún! ¡Amamún! ¡Su maldición!... ¡Su maldición!

Biggi arrugó el ceño.

—¿Quién será Amamún? –preguntó.

Lucas se sacó del bolsillo el bloc electrónico y con el lápiz especial escribió aquel nombre en la pantalla. Segundos después, apareció la explicación.

Amamún: Faraón egipcio. Reinó hace 3000 años. Se dice que poseía poderes mágicos. Maldijo a sus enemigos deseándoles catástrofes que se cumplieron: un ejército enemigo que iba a atacar Egipto fue aniquilado por una nube de langostas; un traidor se vio sorprendido en pleno sueño por siete cobras, y a quienes robaban en el palacio del faraón les atacaba una enfermedad misteriosa: se movían con la rigidez de títeres y morían al poco tiempo.

Los Tigres se miraron espantados. ¿Rígidos como títeres? Ésa era exactamente la impresión que les habían dado el tío August y su gente.
—¿Qué… qué hacemos ahora? –susurró Biggi con voz ronca.
—A lo mejor sólo son tonterías y lo único que pasa es que el ambiente en la pirámide es muy sofocante –propuso Lucas–. Una vez leí que en las viejas tumbas hay unos hongos minúsculos, invisibles para nosotros, que hacen casi imposible el respirar. Probablemente ocurra también en esta pirámide.
Los chicos decidieron llamar a un médico para que ayudara a la gente que aún seguía jadeando en la arena.
—¡Tenemos que entrar en la pirámide! –dijo después Luc. Patrick y Biggi accedieron titubeando. Como medida de seguridad, se taparon la boca y la nariz con trapos mojados. En el interior del monumento reinaba un silencio impresionante. Los retumbantes sonidos habían enmudecido.

Ante ellos subía una empinada escalera. Cada cinco peldaños había una lámpara de petróleo que iluminaba la galería con su vacilante llama. Con el corazón a ritmo frenético, los tres amigos se decidieron a subir las escaleras. ¿Qué les esperaría arriba? Llegaron a una estancia baja y estrecha en cuyas paredes había una serie de nichos.

Patrick, Luc y Biggi encendieron sus linternas y los alumbraron.

—¡Uauh! –exclamó Patrick al ver los bultos grises y polvorientos que había allí–. Pero si son... ¡momias!

—¡Momias de animales! –le corrigió Luc.

—Pero de algunas apenas queda nada. ¿Veis esas hormigas blancas? Han devorado muchos de los cuerpos.

—¡Yo ni siquiera sabía que los antiguos egipcios también embalsamaban animales! –susurró Biggi.

—¡Pues claro que sí, para que acompañaran al faraón en su viaje al reino de los muertos y le trajeran suerte! –le explicó Lucas.

—¿Y qué animales eran éstos? –preguntó Biggi.

Pregunta para ti

¿Puedes identificar de qué animales se trata?

Pista Equipo Tigre

Algunos de los símbolos de la página 124 te servirán de ayuda.

La momia despierta

Rápidamente, los miembros del Equipo Tigre salieron de la cámara funeraria que contenía las momias de los animales y tomaron por

una galería estrecha y baja que llevaba a una pequeña estancia. Allí se acababa el camino.

Biggi dio un codazo a los chicos y señaló un féretro amarillo oscuro, de piedra, que estaba en medio de la estancia.

—¡Apuesto a que la momia del faraón está ahí dentro! –susurró.

Luc echó un vistazo alrededor. Normalmente los antiguos egipcios enterraban al faraón con sus tesoros. ¿Dónde estarían ahora las joyas? Cierto que la estancia la decoraban varias imágenes realmente impresionantes, pero, por lo demás, estaba totalmente vacía. El chico sacó su cámara con rapidez e hizo unas cuantas fotos.

—¡Venga, larguémonos! –dijo acto seguido, pues aquel olor dulzón le preocupaba de veras. A pesar del trapo húmedo con el que se tapaban la boca, los tres empezaban a notar cierto cansancio y que les costaba trabajo pensar.

De repente, oyeron un chirrido a sus espaldas. Asustados, se detuvieron. El chirrido se hizo más sonoro. A los tres amigos se les paralizó la respiración y empezaron a sudar.

—¡Uno, dos y tres! –contó Biggi en voz baja, y los tres se volvieron al mismo tiempo. Lo que vieron les produjo un escalofrío.

Una mano gris y vendada estaba levantando la pesada tapa del sarcófago entre fuertes chirridos.

Los del Equipo Tigre querían huir,

pero sus piernas no les obedecían, estaban como petrificados. Del féretro salía una humareda amarillenta y otra vez empezaron las retumbantes notas de órgano que ya habían oído antes. Era un espectáculo realmente pavoroso. Ya había aparecido la segunda mano y la momia se levantaba con movimientos muy lentos. El faraón, muerto hacía más de tres mil años, se despertaba de un largo sueño. Biggi, Patrick y Luc contemplaban incrédulos a la momia. Su cabeza, de una forma peculiar, estaba levantada y vuelta hacia ellos. Con un leve silbido, dos puntos amarillos se le encendieron a la altura de los ojos. Entonces, la momia se puso a hablar con voz estruendosa. Las palabras que articulaba parecían provenir de una antigua y misteriosa lengua. De pronto, alzó bruscamente los brazos e hizo el gesto de ahuyentarlos mientras profería un grito profundo y gangoso.

Los tres amigos salieron sobrecogidos de la cámara funeraria. Recorrieron apresuradamente la galería, bajaron con precipitación las escaleras y salieron al exterior a trompicones. Jadeando, se tumbaron sobre una enorme piedra.

—¡Han... han sido los minutos más horrendos de mi vida! –dijo Patrick resoplando. Y, al echar un vistazo a su reloj, abrió los ojos sorprendido–. ¡Eh, según

mi reloj, hemos estado tres horas en la pirámide!
—Biggi y Luc comprobaron con sorpresa que también por sus relojes habían transcurrido tres horas completas.
—Chicos..., tengo la sensación de estar en una película de terror –anunció Luc–.

¡Todo lo más, habremos estado diez minutos en la pirámide!

—A lo mejor la momia nos ha… hechizado y, en realidad, hemos estado tres horas dentro –recapacitó Biggi.

¿Cuánto tiempo ha pasado el Equipo Tigre en la pirámide? ¿Diez minutos o tres horas?

La advertencia

Entretanto había acudido el médico y estaba examinando al arqueólogo y a sus colaboradores. Todos habían vuelto en sí poco a poco, aunque se sentían muy débiles. Todavía se encontraban bajo los efectos de una fuerte impresión. En la pirámide debía de haber sucedido algo terrible. Sólo que nadie podía recordarlo.

—No me tengáis por loco..., pero... pero... ¡creo que el faraón se ha despertado! –susurró el tío de Luc.

—No te tenemos por loco, porque lo hemos visto con nuestros propios ojos –le respondió su sobrino.

—¿Qué? ¿Habéis estado en la pirámide? ¿Quién os ha dado permiso? –dijo muy enfadado el profesor Carter.

—¡Nadie, porque por desgracia no hemos podido hablar contigo! –le explicó Lucas.

Un hombre con gafas y rizada melena rubia

se acercó al profesor. Estaba muy excitado y no dejaba de mover los brazos

—¡Hay que clausurar la pirámide! –dijo jadeando–. Nadie debe volver a entrar. Se... se lo advertí. ¿Por qué no hizo usted caso de la advertencia de la cámara funeraria?

El profesor Carter puso cara de circunstancias.

—Tiene usted razón, doctor Sullmann. ¡He

puesto en peligro a muchas personas!
El hombre asintió con gestos tan vivos que sus rizos se agitaron violentamente.
—Cierre usted la entrada. ¡Nadie debe meterse ahí!
—Interrumpiré mis investigaciones –dijo el tío de Luc–. Nunca debí desenterrar la pirámide.
—¡Amamún sigue teniendo poder! –afirmó misteriosamente el doctor Sullmann.
—Lo siento, Luc, pero mañana tomaréis el vuelo de regreso. ¡No debéis permanecer por más tiempo en este peligroso lugar! –explicó el profesor. Y a continuación se dirigió con sus colegas a la entrada de la pirámide para cerrarla definitivamente.
Los Tigres estaban muy decepcionados, pues se habían alegrado mucho ante la idea de pasar unos días en Egipto.
—¿Qué habrá querido decir el doctor Sullmann con eso de la advertencia? –preguntó Biggi.
Luc se encogió de hombros. Pero al poco rato se acordó de las fotos que había hecho

en el interior de la pirámide. Así que los chicos se retiraron a su tienda para mirarlas tranquilamente. En una de ellas se veían los numerosos símbolos jeroglíficos que había en la pared de la cámara funeraria.

—Cada dibujo simboliza una palabra –explicó Lucas. Y consultó en su bloc electrónico, que por suerte tenía almacenada la traducción de muchos jeroglíficos. Rápidamente, los tres amigos se pusieron a descifrar la advertencia del faraón.

Pregunta para ti

¿Qué dice la advertencia?

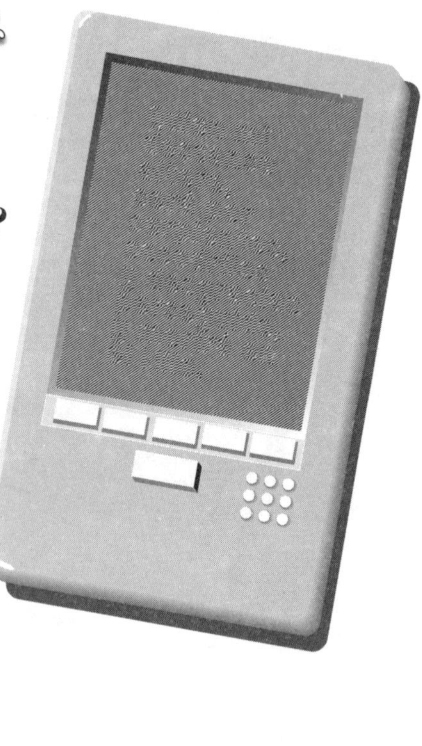

Pista Equipo Tigre

Utiliza la tabla de la página 124

¿A qué vienen las apariciones?

Para Lucas era evidente el motivo que había llevado al faraón a encargar que pusieran aquella inscripción en la cámara.

—Su intención era disuadir a los saqueadores de tumbas –explicó–. Pero no parece haberle dado resultado, pues, menos el sarcófago, toda la cámara funeraria ha sido desvalijada.

Tras pensar un rato, Patrick dijo:

—Chicos, no es que yo sea el más valiente, que antes casi me lo hago en los pantalones, pero a pesar de ello os diré una cosa: el faraón no tiene nada que ver. Detrás de todo esto hay otra cosa, me apuesto lo que sea.

Biggi y Luc le miraron interrogativamente.

—Pero ¿qué? –preguntaron al mismo tiempo.

A Patrick le costó proponer lo siguiente:

—¿Qué os parece si esta noche volvemos a

la pirámide y registramos a fondo la cámara funeraria? A lo mejor damos con la respuesta a esa pregunta.
Biggi y Luc titubearon, pero finalmente accedieron.

Durante la cena conocieron a la Proboscidio. Se trataba de la única mujer del equipo de arqueólogos. El mote se debía a su larga y puntiaguda nariz. Pero no parecía importarle, pues enseguida se presentó a los del Equipo Tigre como «Amanda Raster, también llamada Proboscidio».
—Además, también Cleopatra tenía, como yo, la nariz grande y los pies pequeños –añadió con una amplia sonrisa.
—Pues mis pies no son más grandes –afirmó Biggi.
—¿Es verdad que el viejo nos manda a todos a casa? –preguntó la Proboscidio.
—¡Sí, y también a nosotros! –suspiró Luc.

—¡Está loco! –fue el comentario de la arqueóloga.
—¡Es mi tío! –dijo en voz baja Luc.
—¡Pues, de todos modos, está loco! –afirmó la mujer.
—¿Qué… qué opina usted de las apariciones? –preguntó Biggi.
Amanda Raster se encogió de hombros.

—Las pirámides no acaban de inspirarme mucha confianza. Probablemente sea verdad que deberíamos dejar en paz los tesoros de los antiguos egipcios.

Era ya más de medianoche cuando el miniordenador de Luc empezó a pitar y despertó al chaval. Lucas agitó a sus amigos para que se levantaran. Poco después los tres salieron a rastras de la tienda.
La noche estaba bastante fría y los chicos tiritaban. En el campamento reinaban el silencio y la tranquilidad. Todos parecían dormir profundamente. Al Equipo Tigre no le llevó mucho desclavar los tablones con los que el profesor Carter había cerrado la entrada. Respiraron hondo antes de colarse por la oscura galería.
Se habían vuelto a poner trapos húmedos sobre la boca para protegerse del polvo, los hongos y las bacterias. Mientras subían por la larga y empinada escalera,

posaban el haz de sus linternas sobre las paredes de piedra. Por fin llegaron a la estancia que contenía las momias de los animales y la examinaron a fondo.

—¡He visto algo! ¡Algo muy sospechoso…! –exclamó de pronto Luc.

Pregunta para ti

¿Qué ha visto Luc?

Los tigres no dan crédito a lo que ven

Luc sacó de su escondite los dos bultos, con cuidado de no tocar las momias de los animales, que le daban un asco terrible.

—¿Qué es esto? –preguntó Patrick.

Lucas tampoco lo sabía y se puso a desenvolverlos con cuidado. Bajo las tiras de tela aparecieron dos aparatos electrónicos de aspecto complicado. Dos pilotitos encendidos indicaban que los aparatos estaban conectados.

—¿Crees que tu tío ha instalado estas cosas? –preguntó Biggi.

—No, seguro que no –dijo Luc. La verdad es que ni se imaginaba para qué servían aquellos aparatos. Pero cuando los cogió para verlos más de cerca, se fijó por casualidad en su reloj e hizo un sorprendente descubrimiento:

¡las manecillas daban vueltas como locas!
—Probablemente los aparatos están provistos de potentes imanes que hacen que los relojes vayan más deprisa –comentó.
—¡Seguro que el faraón no instaló estas cosas! –observó Biggi con ironía.
—¡Bueno, ya que estamos aquí, miraremos también en el sarcófago! –propuso Lucas.
A pesar de que les flojeaban las rodillas, los Tigres entraron en la cámara siguiente. La tapa del féretro seguía ladeada.
—¡Yo no miro ahí dentro! –susurró Biggi.
—¡Yo tampoco! –se le sumó Patrick.
—¿Acaso creéis que soy más valiente que nadie? –gruñó Luc–. Tampoco yo me atrevo a acercarme solo a esa cosa.
Mientras los tres se miraban con miedo, Biggi tiró del trapo que llevaba en la boca y exclamó:
—¡Eh, ya no huele tan raro! –y se lo quitó de la cara. Los chicos siguieron su ejemplo y comprobaron que su amiga tenía razón.

—Ahora… ahora iremos los tres al sarcófago –propuso Lucas con valentía–. Juntos es más fácil. ¿De acuerdo?

Biggi y Patrick asintieron. Luego se cogieron de la mano y se acercaron con cautela al féretro de piedra. Y tras hacerse una breve señal, alumbraron simultáneamente el interior del sarcófago.

—¡Esto es increíble! –exclamó Biggi con sorpresa.
La momia había desaparecido. En su lugar, había en el sarcófago un casete portátil y un objeto negro que parecía una lechera agujereada.
—Algo parecido a esto es lo que usan los apicultores –explicó Luc–. Con esto producen humo para ahuyentar a las abejas. Probablemente es con lo que han provocado la humareda amarilla que salía del sarcófago esta tarde. Los extraños sonidos debían de proceder de la grabadora.
—¡Esto explica algunas cosas! –aseguró Biggi–. Alguien se ha disfrazado de momia y se ha ocultado en este sarcófago de piedra. Tras abrirlo, el desconocido ha puesto la música y ha hecho salir el humo.
—Debe de haber quemado alguna hierba de efecto paralizante –añadió Lucas–. A nosotros no nos ha afectado tanto porque llevábamos puestos los trapos.

De pronto, Biggi sacudió la cabeza.
—¡Te equivocas! El humo era inofensivo; si no, también el tipo de la momia se hubiera quedado aturdido.
Patrick cerró los ojos y trató de acordarse de la momia. La forma de su cabeza

le había parecido de lo más peculiar, y ahora entendía por qué.

¿Se te ocurre también a ti una explicación?

En un palacio egipcio

—¡Así que todo ha sido un engaño! –murmuró Luc–. Pero sigo sin entender el porqué de toda esta representación. En esta pirámide no hay nada que encontrar. Probablemente hasta el sarcófago estaba vacío.

—¡Eh, fijaos! –exclamó Biggi señalando al arca de piedra–. ¡Aquí sí que hay algo!

Se trataba de dos piedras que tenían la misma forma. Patrick, que entretanto había perdido el miedo, saltó valientemente al interior del sarcófago y sacó las piedras. De las pinturas que las decoraban se deducía claramente que tenían que ser muy antiguas.

—¿Sería esto un juguete del faraón? –preguntó Luc con una amplia sonrisa.

Los Tigres decidieron llevarse las piedras de todas formas, y Lucas las puso en el compartimento delantero de su maletín.

A sus espaldas, en la galería, se oyó un leve chirrido. Asustados, los tres se volvieron y dejaron escapar un grito. La momia había regresado. Estaba a pocos pasos de ellos y tenía los brazos amenazadoramente levantados.

—¡Vamos por ese tipo! –gritó Patrick, que no tenía miedo de una momia que sin duda estaba muy viva. Y, seguido por sus amigos, se lanzó contra la figura envuelta en vendas.

La momia se dio cuenta del peligro y emprendió la huida. Tras una frenética persecución por toda la pirámide, por fin llegaron a la salida. De un gran salto, la momia salió al exterior y gritó algo que los tres chicos no entendieron. Seguidamente, desapareció en la oscuridad.

—¡Vamos, no puede andar lejos! –dijo jadeando Patrick.

Los miembros del Equipo Tigre volvieron a emprender la persecución, pero no llegaron

muy lejos. De pronto, un penetrante olor se les metió en la nariz y les empezó a dar vueltas la cabeza. Después, los envolvió la oscuridad y se desplomaron sin fuerzas.

Cuando Luc volvió en sí, el sol ya estaba en el cielo. La cabeza le dolía endiabladamente y apenas conseguía abrir los ojos. La intensa luz se le clavaba en los ojos como si fueran cuchilladas.

Quejándose, el chaval irguió el cuerpo para enterarse de dónde se encontraban. ¿Qué? ¿Era posible? El chico no daba crédito a sus ojos. Estaban entre las columnas de un antiguo palacio egipcio. Las piedras con las que estaba construido el edificio no mostraban ningún deterioro. Tenía un

aspecto totalmente nuevo, como si acabaran de construirlo. Lucas se levantó quejumbroso y miró en todas direcciones. ¿Se encontrarían todavía en el desierto?

¿Hay alguna pista que indique dónde están?

¡Amamún vive!

El descubrimiento no le sirvió de mucho a Luc. Sabía, sí, que se encontraban en alguna parte del Nilo; pero el río atravesaba todo el país.

El chico agitó a sus amigos para despertarlos. Biggi y Patrick tardaron bastante tiempo en volver en sí.

—¿Dó… dónde estamos? –balbuceó la chica, aturdida.

—En un palacio egipcio –respondió Lucas.

Patrick y Biggi se miraron perplejos. De todos modos, no les quedó mucho tiempo para la sorpresa. Dos figuras aterradoras se acercaban con paso firme. Iban vestidas con faldas cortas y llevaban puestas sobre la cabeza y los hombros unas enormes máscaras metálicas con forma de aves rapaces. Traían lanzas con las que obligaron a los del Equipo Tigre a que los acompañaran.

Como no obedecieron al instante, los guerreros les pusieron las puntas de las lanzas sobre el pecho. Los Tigres no tuvieron más remedio que seguirlos al interior del palacio. Primero entraron en un enorme patio en medio del cual se encontraba un estanque rectangular cubierto de nenúfares y plantas altas.

Los guerreros enmascarados les ordenaron detenerse y tenderse en el suelo. Como los tres amigos se resistieron de nuevo, los guardianes les propinaron fuertes patadas.

Se oyeron toques de trompeta y en medio de un fuerte redoblar de tambores apareció un palanquín de oro por el otro lado del estanque. Los integrantes del Equipo Tigre, que estaban boca abajo, levantaron cautelosamente la mirada.

Los porteadores, que llevaban imponentes máscaras representando la cabeza y el cuello de un perro, se cruzaron de brazos y se plantaron a ambos lados del palanquín.
Más impresionante aún era el personaje que habían traído. Se trataba de un hombre con una larga y blanca túnica. Llevaba la cabeza cubierta con la máscara dorada de un faraón.
El desconocido empezó a hablar con voz grave. Los chicos sólo entendían una palabra: cada vez que el hombre se señalaba a sí mismo, decía «Amamún».
Lucas miró a sus amigos.
—¿Es... es ése de verdad el faraón? –preguntó en voz baja–. ¡Creía que había muerto hace tres mil años!
Amamún se levantó enfurecido y señaló a Luc con su báculo rayado. Al momento, los guardianes lo agarraron y lo levantaron.
El faraón comenzó a mover los brazos mientras emitía gritos destemplados.

Finalmente, ordenó a los guerreros que echaran al muchacho al estanque.

—¡No, por favor! ¡Piedad! –gritó desesperado Luc.

—¡No seas tan quejica! ¡Refrescarse un poco no hace daño! –le susurró Biggi.

—¡Pero, chica, si quiere acabar conmigo!

¿Exagera Lucas, o está realmente en peligro?

Lucas en peligro

Fue entonces cuando Biggi y Patrick se dieron cuenta del peligro que corría su amigo. Entre los tallos verdes aparecieron por espacio de segundos las cabezas de tres cocodrilos. Lucas ya había leído algo sobre los cocodrilos del Nilo. Eran particularmente agresivos y traicioneros. Por eso era tan peligroso bañarse allí.

Amamún continuó con sus extraños conjuros y finalmente hizo una señal a los soldados para que echaran a Luc a los cocodrilos.

—¡No! –gritó Biggi y, sin pensárselo, mordió en la pierna al guerrero que tenía al lado. Patrick siguió su ejemplo.

Los dos hombres dieron un grito y soltaron a Luc. Biggi y Patrick respiraron aliviados, pero entonces vieron que su amigo perdía el equilibrio. Braceó desesperadamente, pero de todos modos no pudo mantenerse de pie y cayó en el estanque de los cocodrilos.

El agua salpicó en todas direcciones y los cocodrilos se volvieron hacia el chaval.
Entonces Patrick dio un salto, agarró la lanza de uno de los guardianes y la giró hábilmente en molinete. Luego, de una fuerte patada, mandó a su dueño al agua.
Los cocodrilos cambiaron el rumbo para dirigirse rápidamente hacia él, cuya pesada máscara le arrastraba a lo más hondo.
—¡Vamos, sujétate! –gritó Patrick a Lucas, ofreciéndole el extremo de la lanza.
Amamún se enfureció y dio una orden al otro guerrero. Pero antes de que éste tuviera tiempo de ejecutarla, Biggi ya le había agarrado de la pierna y se la había levantado. El hombre braceó y, gritando, cayó también en el estanque.
Entretanto, Patrick había conseguido sacar del agua a su amigo.
—¡Escapemos de aquí! –chilló Biggi, y echó a correr.
Cuando salieron del patio, aún seguían

oyendo a sus espaldas los gritos del faraón.
Antes de poder emprender la persecución, los guardianes tuvieron que salir del estanque, ayudados por los hombres con máscaras de perro.
El palacio tenía tantos recovecos y tantas columnas, que los tres Tigres pronto se extraviaron, incapaces de encontrar la salida.

Los pasos de sus perseguidores se oían cada vez más cerca. Luc comprendió por qué habían dado con ellos tan pronto.

—¡He... he ido dejando un rastro de agua! –se lamentó, señalando el suelo–. ¡La culpa ha sido mía!

—Déjate de tonterías. No has podido remediarlo. ¡Entremos ahí! –dijo Biggi,

jadeando, y tiró de los dos chicos hasta una pequeña estancia.
La chica cerró las dos hojas de la puerta y vio con espanto que no tenían cerradura.
Los Tigres echaron una apresurada ojeada a la habitación, que sólo contaba con unos taburetes de madera y una cama. No había nada con lo que levantar una barricada ante

la puerta. En pocos segundos los guardias irrumpirían en la habitación.

—¡Tenemos que hacer algo! –se quejó Biggi, que no quería rendirse tan pronto. Entonces se fijó en la lanza que Patrick seguía llevando en la mano.

Pregunta para ti

¿Cómo se pueden salvar los tres amigos?

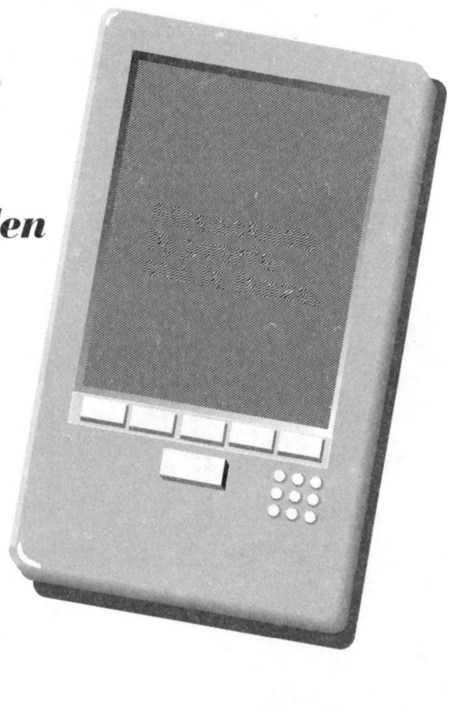

En la trampa

Los guardias aporrearon rabiosamente la puerta cerrada, pero los Tigres no abrieron. Por fin se sentían seguros en aquella estancia.

—¿Cómo podremos salir de aquí? –preguntó Lucas–. ¡Seguro que uno de los hombres se quedará a vigilar la puerta! –sólo entonces vieron también Biggi y Patrick que la habitación no tenía ninguna ventana. ¡Habían caído en una trampa!

—¡A pesar de todo, no hay que desesperarse! –afirmó Biggi. Patrick y Luc asintieron.

—¿Creéis que hemos viajado a través del tiempo hasta aterrizar en el Antiguo Egipto? –preguntó Patrick, esperando que sus amigos no se rieran de él.

—Eso es lo que parece –opinó Lucas con semblante serio.

—¿Pensáis que todo esto tiene que ver con la maldición del faraón? –preguntó Biggi. Los chicos se encogieron de hombros.

A través de la puerta oían el tintineo de las armas. Los vigilantes seguían allí. ¿Qué irían a hacer?
—¡Venga, examinemos a fondo la habitación. A lo mejor damos con algo que nos sirva de ayuda –propuso Biggi.
Al poco rato, encontraron sobre uno de los taburetes un trozo de grueso papel marrón.
—¡Eh, fijaos en esto! ¿Es que en el Antiguo Egipto ya existía el papel?
Luc le hizo la pregunta a su miniordenador, que respondió con un «sí» rotundo. Entonces se escribía sobre papiro, que se fabricaba con la médula del tallo de las plantas que habían visto en el estanque.
Biggi contempló pensativa el dibujo que tenía aquel papiro marrón. Era exactamente el mismo que el que había en la pared del otro lado de la cama. Los chicos se acercaron y los compararon con curiosidad.

—¡Eh, he visto algo que a lo mejor puede ayudarnos! –exclamó Luc.

Pregunta para ti

¿Qué ha visto Luc?

¡Abajo!

Los tres compañeros examinaron atentamente el mural.

—Mirad, el bastón no está pintado. ¡Es de verdad! –avisó Luc a los demás.

—Bueno, ¿y qué? ¿Qué cambia eso? –preguntó Biggi.

—¡Tal vez se trate de un mecanismo para abrir una puerta secreta! –opinó Lucas–. Bien pensado, probablemente nos encontremos en el dormitorio del faraón y, en caso de peligro, éste debía de disponer de una vía de escape –el chaval agarró el bastón y trató de tirar de él hacia abajo. Pero el esfuerzo fue en vano. Tampoco Biggi consiguió moverlo.

—¡Dejadme que lo intente yo! –dijo Patrick. Y agarrando el bastón con ambas manos, tiró de él. Gracias a la gimnasia que solía hacer, tenía realmente la fuerza de un tigre.

—¡Soberbio! –le elogió Biggi.
Los vigilantes perdieron poco a poco la paciencia y se lanzaron contra la puerta con todas sus fuerzas. La lanza empezó a doblarse. No aguantaría mucho más. Patrick siguió tirando del bastón, que por fin cedió del todo. En ese instante, el suelo se abrió bajo sus pies y los tres

se deslizaron, como en un tobogán, por una galería subterránea. Seguidamente, la trampilla volvió a cerrarse.
Por fin, los guardias consiguieron forzar la puerta e irrumpieron en la habitación. Pasmados, comprobaron que los tres Tigres se habían esfumado. No se explicaban cómo.
Mientras tanto Biggi, Patrick y Luc corrían por el túnel, que giraba y giraba sin cesar.
Finalmente llegaron a la salida, que los llevó directamente a la orilla del Nilo. No se veía a nadie por ninguna parte.
Cuando los tres se volvieron para echar un último vistazo al palacio, la sorpresa los dejó boquiabiertos, pues el gigantesco edificio había desaparecido. ¿Era posible que se hubieran imaginado todo aquello?
Sólo entonces notaron que el estómago les gruñía de hambre. Y es que desde la

noche anterior no habían comido nada. Luc miró a su alrededor. Cerca había tres árboles de los que colgaban unos frutos verdes y en forma de gotas.

—¡Eh, son higos! –exclamó–. Es justo lo que necesitamos ahora.

—¿Estás seguro? –preguntó Biggi con desconfianza–. También podría tratarse de frutos venenosos.

Seguro del todo, Lucas no lo estaba. ¿Qué hacer? De pronto tuvo una idea.

—¡Ya sé cómo averiguar si se trata de frutos comestibles!

Pregunta para ti

¿Cómo va a averiguarlo Luc?

Confusión total

Después de que se hubieran atiborrado de higos, los del Equipo Tigre recapacitaron sobre lo que debían hacer a continuación.

—Si de verdad estamos en la época del faraón, me gustaría saber cómo vamos a regresar al siglo XX –preguntó Biggi. Pero tampoco los dos chicos lo sabían.

—Lo mejor será que echemos un vistazo por los alrededores –propuso Luc–. A lo mejor podemos descubrir algo que nos sirva de ayuda.

Agachados, avanzaron sigilosamente por la orilla del ancho río. Procuraban esconderse detrás de grandes piedras, no fuera a ser que volvieran a seguirlos aquellos terribles soldados con máscaras de ave o de perro. Pero por el momento no veían a nadie.

Cuando llevaban recorridos unos quinientos metros, Patrick silbó con suavidad señalando una gran ensenada.

—¡Algo así es lo que vi en una película sobre Cleopatra! –susurró Luc–. Es el barco de un rey egipcio.

Maravillados, los Tigres contemplaron aquel

barco suntuosamente decorado que estaba solo en la tranquila ensenada. Podían ver hasta los bancos y los remos de madera. Al menos se necesitaban cincuenta esclavos para poner en movimiento aquella embarcación gigantesca. También vieron el enorme tambor con el que se le marcaba el ritmo a los remeros. Sobre él había un grueso látigo.

—No parece que haya nadie en el barco. ¡Podemos aproximarnos! –propuso Biggi.
Mientras se acercaban con cuidado, Lucas hizo varias fotos del suntuoso barco. La madera y el cordaje gimieron fantasmagóricamente cuando subieron a bordo por una estrecha pasarela. Lo primero que les llamó la atención fueron una vela amarilla, recogida, y un imponente trono dorado.
Al inspeccionarlo más detenidamente, Biggi hizo un interesante descubrimiento. Ya iba a indicárselo a sus amigos cuando a sus espaldas se oyó un fuerte crujido.
Varios guardianes con máscaras de ave subieron a bordo, se abalanzaron sobre los Tigres y los sujetaron férreamente. A los pocos segundos, la oscuridad cubrió sus ojos.
Cuando, algo aturdido, Patrick despertó, todo a su alrededor seguía estando negro.
Tiritando, el chico se levantó entre quejidos. La cabeza le zumbaba y un viento frío le

daba en la cara. Fue entonces cuando vio las estrellas brillando en el cielo. ¿Dónde estaría? ¿Dónde se encontrarían Biggi y Luc? Miró con cuidado a su alrededor y vio, a la pálida luz de la luna, el campamento y la pirámide donde había empezado aquella aventura. Y entonces descubrió también a sus dos compañeros. Se acercó a ellos y los agitó para despertarlos.

—¡Estamos... estamos otra vez en nuestra época! –exclamó, excitado.

—¿Cómo...? ¿Qué? –farfulló Luc, medio dormido. El chico olisqueó su ropa. Era un olor muy extraño. A cloroformo o algo así. De pronto lo vio todo claro.

—¿No lo habremos soñado todo? –preguntó Biggi.

—No, pero hemos estado inconscientes. Alguien nos ha adormecido –explicó Luc. Como tenían una sed atroz, fueron a la tienda que hacía las veces de cocina para coger cada uno una botella de agua. Luego regresaron a su tienda, porque a causa del narcótico aún estaban muy aturdidos. Antes de que Lucas se metiera en el saco de dormir, comprobó el contenido de su maletín especial. Aunque tenía una cerradura secreta que sólo él podía abrir, quería ver si todo seguía allí dentro.

Entonces, encontró las fotos que había tomado en el barco con la cámara instantánea. Las puso en el suelo y las alumbró con la linterna.

Biggi también se acercó a echar un vistazo y, de pronto, se acordó de lo que quería decirles a los chicos antes de que los hubieran secuestrado.

—En ese barco… había algo que hace tres mil años, desde luego, no existía –exclamó.

Lucas asintió.

—Sí, yo también acabo de verlo. ¡Varios objetos de nuestra época!

¿Cuántos objetos no proceden de la época del faraón?

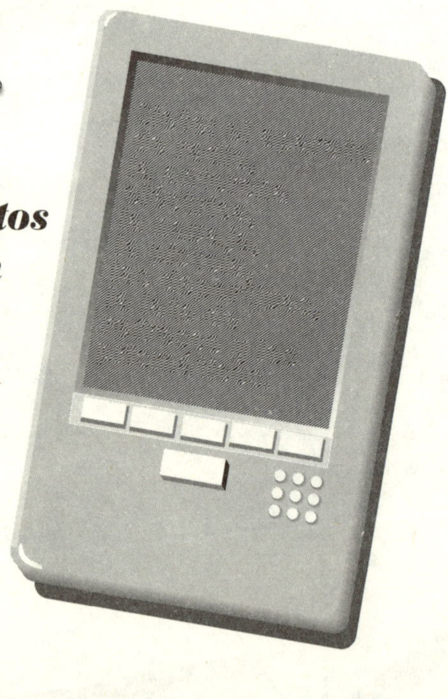

Un mensaje enigmático

—Todo era mentira. No hemos estado en el pasado, ¡simplemente nos han secuestrado! –dijo Patrick.
—¡Alguien se está haciendo pasar por el faraón! –comentó Lucas.
—Pero ¿por qué nos habrá dormido y secuestrado? –preguntó Biggi.
—¡Porque hemos descubierto sus maquinaciones en la pirámide! –explicó Luc.
—Y entonces, ¿por qué nos ha devuelto aquí? –siguió preguntando Biggi.
—Porque... porque... porque... –Luc puso cara de desconcierto. Desconocía el motivo.
—El tipo que se disfrazó de momia quería ahuyentar de la pirámide a los entrometidos... –dijo Patrick, reflexionando.
—Pero ¿por qué? Si de todos modos no hay nada allí –le interrumpió Biggi.
—Quizá sí. Los antiguos egipcios solían construir trampas y laberintos en las pirámides

para proteger de los saqueadores la cámara funeraria del faraón. Y es que proveían al rey de tesoros de increíble valor para acompañarlo al reino de los muertos –manifestó Luc.

De repente, por encima de sus cabezas, oyeron un ruido. Los tres gritaron asustados cuando vieron la hoja de un largo cuchillo que rajaba el techo de su tienda.

—¡Echaos al suelo! –ordenó Patrick.

El cuchillo dejó de cortar y por la raja de la lona cayó un objeto pesado y con aristas. Seguidamente, alguien se alejó con paso apresurado.

—¡Vamos a seguirle! –propuso Biggi.

—¡No, es demasiado peligroso! –dijo Luc, negando con la cabeza.

Aún les temblaba todo el cuerpo cuando se levantaron.

—¡Eh, fijaos en esto! –exclamó Patrick, y levantó una pesada losa de piedra que el desconocido había arrojado dentro de la tienda.

—¡Parece que es una escritura secreta del

Antiguo Egipto! –supuso Biggi.

—A lo mejor se trata de la misma lengua de la momia.

Luc preguntó enseguida a su ordenador.

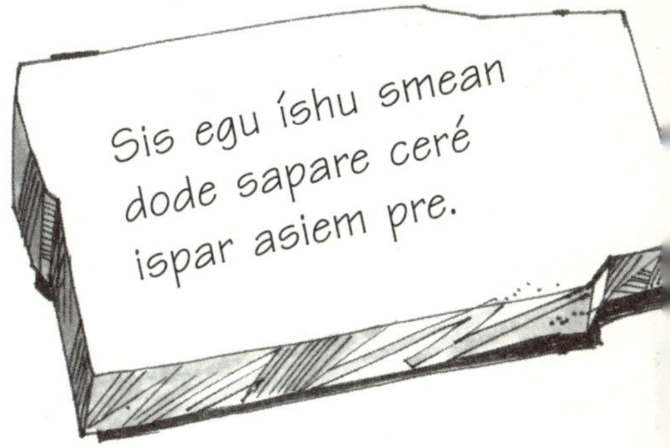

—¡Ya sé lo que pone ahí! –dijo Patrick, entusiasmado–. ¡Para que veáis que mi cerebro no es tan pequeño como algunos creen!

Pregunta para ti

¿Qué es lo que dice el mensaje?

Rendirse, ¡jamás!

Ahora sí que tenían claro que iban a seguir husmeando. Tras aquella amenaza ya no quedaba duda de que en la pirámide había algo que descubrir.

De todas formas, se les habían quitado las ganas de dormir en su tienda. Así que buscaron la del profesor Carter y lo despertaron. Éste no cabía en sí de alegría al volver a verlos en buen estado, después de lo muy preocupado que había estado durante todo el día por los tres.

Asombrado, oyó lo que los Tigres le contaban sin dejar de revolverse el pelo.

—¡Pero, hijos, todo esto suena a novela de terror! –afirmó–. ¿Y quién podrá ser ese desconocido que ha organizado tal montaje? Las excavaciones tienen lugar bajo la vigilancia más estricta, pues se supone que la pirámide guarda enormes tesoros. Nadie puede entrar sin autorización.

Diez hombres armados se encargan de la seguridad. Enseguida les llamaría la atención cualquier extraño.

—¡Pero sí que dejan pasar a tus colaboradores! –exclamó Biggi.

El profesor asintió y, enseguida, sacudió la cabeza con energía, diciendo:

–Trabajo con doce personas de confianza. La mayoría ya ha participado en numerosas excavaciones.

—De todas formas, Biggi está en el buen camino –opinó Luc–. Tal vez alguien se haya infiltrado para llegar hasta los tesoros. Y seguro que es ese alguien quien ha montado todo el asunto de la momia.

El profesor Carter hizo un vivo gesto de rechazo.

—¡No, eso está excluido! Además, no tenéis ninguna prueba de vuestra sospecha.

Luc se mordisqueó nervioso el labio inferior.

—¡A lo mejor sí! –exclamó, rebuscó en su maletín y sacó deprisa la foto que había hecho al poco de llegar.

—Aquí se os ve a todos tras la primera

aparición de la momia. ¡A tu gente y a ti, tío August!

—Bueno, ¿y qué? –dijo irritado el profesor Carter.

Luc no era capaz de aguantar que alguien le chillara. Perdía la seguridad y prefería callar.

¿Demuestra la foto que uno de los colaboradores tiene que ver con los sucesos misteriosos?

La llave de piedra

Decidieron que al día siguiente actuarían con la máxima precaución. El enemigo podía acecharlos por todas partes, y de ninguna manera debía enterarse de que ellos seguían investigando.

Al mediodía, los tres amigos fueron a escondidas hasta la pirámide. Antes de entrar en la oscura galería, miraron apresuradamente a su alrededor. ¿Los estarían observando? ¿Los seguiría alguien? No había peligro: los colaboradores del profesor estaban comiendo y deliberando qué hacer a continuación. Rápidamente, los Tigres se colaron en el interior de la gigantesca obra. Su meta era la cámara de más arriba, la que contenía el sarcófago vacío.

No quedaba ni rastro de la extraña aparición. Los Tigres contemplaron pensativos los dibujos de las paredes.

—¡Eh, fijaos! ¡He visto algo!

Patrick señaló un pequeño nicho que tenía un triángulo labrado en la parte inferior.

—¿Sabéis a qué me recuerda este nicho? –preguntó Biggi–. A esas máquinas de café en las que, primero, los vasos caen automáticamente y, después, se llenan de café.

Sin pensárselo mucho, Patrick apretó el triángulo. A los pocos segundos, los gigantescos bloques de piedra de que estaban hechas las paredes de la cámara empezaron a crujir y a quebrarse.

Asustado, el chico levantó la mano y aquellos ruidos cesaron al instante. Patrick volvió a tocar nuevamente el triángulo, aunque con más cuidado. Y de nuevo pareció que el techo iba a desplomarse. Patrick retiró la mano deprisa y miró a Biggi y a Lucas, interrogativo.

—¡Parece que es un mecanismo secreto!

–supuso Luc. Sin embargo, no veía claro para qué servía.

Entonces, Biggi reparó en la figura de un hombre con cabeza de perro que estaba representada en la pared. Su aspecto era exactamente el mismo que el de los hombres del palacio del falso faraón. En la mano sostenía una pequeña pirámide. Su mirada estaba dirigida hacia el nicho. De pronto, Lucas se acordó de las dos piedras que había encontrado en el sarcófago. Rápidamente las sacó de su maletín.

—Tal vez haya que construir una pirámide con ellas y colocarla en el nicho para que ocurra algo.

Biggi y Patrick estaban firmemente convencidos de que con aquellas dos piedras jamás se obtendría una pirámide. Se necesitaban más piezas para eso.
—¿Qué hacéis aquí? ¡Largaos! ¿O queréis poner vuestra vida en peligro? –gritó una voz airada a sus espaldas.
Los tres amigos se volvieron asustados. Tenían delante al doctor Sullmann, que los había seguido en secreto. Con sus rubios rizos completamente alborotados, parecía estar muy alterado. Como ninguno de los tres se movió, los sacó de la pirámide a empujones.
Yendo hacia el campamento, les salió al paso la Proboscidio.
—¡Estos tres han entrado en la pirámide a pesar de estar estrictamente prohibido! –explicó el doctor Sullmann a Amanda Raster.
Ella puso cara de enfado y levantó el índice en señal de advertencia.
–¡Mirad, chicos, será mejor que lo dejéis!

–les dijo en tono severo, aunque le parecía exagerada la excitación del doctor Sullmann. Para librarse del rapapolvo del profesor, los tres se retiraron a toda prisa a su nueva tienda. Era la última noche, pues a la mañana siguiente partía su avión.

Luc contempló pensativamente las dos

piedras. Aún seguía convencido de que con ellas podía construirse una pirámide. Sólo que no sabía cómo.

¿Sabes tú cómo hacerlo?

Pista Equipo Tigre

En el sobre del Equipo Tigre encontrarás las cartulinas con las que construir las dos piedras. Sólo tienes que doblar los bordes y pegarlos bien.

La cámara funeraria secreta

Luc no cabía en sí de orgullo cuando enseñó a Patrick y a Biggi la pirámide completada. Lo había conseguido.

—¡En realidad es sólo un rompecabezas de dos piezas!

Los miembros del Equipo Tigre se morían de ganas de regresar a la pirámide para comprobar si aquel truco funcionaba.

—Pero tendremos que esperar a que anochezca –dijo Biggi–. Si nos vuelven a coger otra vez, seguro que hay bronca. Y si el que nos coge es el falso faraón, peligra nuestra cabeza...

La tarde se les hizo eterna. Biggi no paró de devorar avellanas. Suerte que se había llevado un montón para el viaje. Patrick ejercitó un poco sus músculos ayudando a cargar las cajas con los instrumentos de trabajo. Y Lucas escribió en el ordenador todas las observaciones que había hecho últimamente. El aparato las transformaba inmediatamente en letras de imprenta y las almacenaba en su memoria.

Al fin anocheció y en el campamento reinó la calma. Poco antes de medianoche los Tigres, sigilosamente, salieron de su tienda y se encaminaron hacia la pirámide. Aunque miraron con cuidado hacia todos lados, no se percataron de que, tras una de las tiendas, una oscura figura los observaba con unos prismáticos apropiados para ver de noche.

Una vez que estuvieron en la cámara funeraria del faraón, Luc se sacó del bolsillo la pequeña pirámide, señaló al nicho y dijo:

—Es un truco genial. Si colocas un objeto incorrecto sobre el triángulo, el techo de piedra se te viene encima y te sepulta. Sólo el objeto adecuado produce lo que ahora mismo vamos a ver.

—¡A ver si se abre el suelo y caemos en el estanque de los cocodrilos hambrientos! –gruñó Biggi.

—¡Si tienes miedo, ya puedes irte! –le respondió Luc, ofendido. Pero Biggi no se rendía así como así–. ¿Estáis listos? –preguntó el chico a los otros dos.

Patrick y Biggi afirmaron con la cabeza. Lucas colocó con cuidado la pequeña pirámide sobre el triángulo labrado en la piedra. Los dedos le temblaban cuando la soltó. Haciendo un «clic», la pirámide se encajó perfectamente en la hendidura.

Al momento, las paredes rocosas empezaron a chirriar y a crujir. Sobre el suelo llovió arena y las grietas de los muros despidieron nubes de polvo.

—¡Vámonos antes de que sea demasiado tarde! –gritó Biggi.

Los Tigres se protegieron la cabeza con las manos y echaron a correr. Pero apenas hubieron salido de la cámara funeraria, los ruidos cesaron y sonaron notas solemnes. De la cámara donde estaba el sarcófago venía una brisa fresca.

Sorprendidos, los tres volvieron la mirada y vieron que el féretro de piedra había desaparecido. En su lugar había ahora una abertura de la que salía un resplandor de luz. Los Tigres se acercaron curiosos y se asomaron por ella.

—¡No me lo puedo creer! –exclamó Biggi.

Tampoco Luc y Patrick creían lo que veían sus ojos.

El sarcófago había dejado paso a una gigantesca estancia de varios pisos llena de recovecos, escalinatas y escaleras de mano colocadas de la manera más confusa. Había un sinnúmero de nichos en los que ardían pequeñas lámparas de aceite.
En una de las paredes Luc vio una inscripción, que tradujo con ayuda de su ordenador:

Sólo quien tenga valor y entendimiento me encontrará. Saludo al visitante inteligente que viene a mí sin que lo guíe la codicia. Mi cámara funeraria secreta se encuentra al final de este camino. Quien dé un paso en falso se precipitará en la condena eterna.

Biggi se quejó en alto:
—¡Bonita perspectiva!

Lucas, por su parte, buscó con la mirada un camino seguro hacia la cámara funeraria.

¿Eres capaz de encontrar ese camino?

El palacio subterráneo

Los Tigres avanzaban tanteando paso a paso. Lucas encontró en su maletín un trozo de tiza roja con la que, cada pocos metros, escribía una T en el suelo. De esta manera encontrarían fácilmente el camino de regreso. Una vez que Patrick se apresuró y tomó por donde no era, una imponente losa de piedra cayó con estruendo hasta lo más hondo. El choque resonó pavorosamente por la gigantesca estancia y un escalofrío recorrió las espaldas de los tres.

A partir de entonces tuvieron aún más cuidado y no daban un paso sin fijarse bien dónde pisaban. Al cabo de una hora, llegaron a una puerta triangular, que se abrió sola.

Al otro lado, como por obra de una mano misteriosa, se encendió fuego en una serie de cuencos. Aquellas vacilantes llamas amarillas llenaron la estancia de una luz fantasmal.

Los Tigres entraron, sorprendidos.
—Esto… es todo un palacio… ¡Un palacio subterráneo! –exclamó Patrick.
En efecto, ante ellos se extendían largos corredores flanqueados por columnas y gigantescas estatuas de soldados. Biggi, Patrick y Luc comprobaron que sus armas eran de oro puro. Junto a antiguos carros de caballos, labrados en el más fino mármol, descubrieron un barco con remos de oro y un trono ricamente adornado. La momia del faraón no estaba en un sarcófago, sino colocada en un armario de oro puro. Llevaba una magnífica máscara que representaba el rostro de Amamún. Los elementos decorativos de la cabeza y la barba, símbolo de su poder, tenían incrustadas miles de piedras preciosas.
Ante tan lujosa magnificencia, los tres se quedaron sin habla.
—¡Qué… qué ojos va a poner el tío August

cuando le enseñemos esto! –susurró Luc.
Sabía que aquél era un hallazgo único en su género, pues ningún otro faraón había mandado construir un palacio bajo su pirámide.
Biggi también descubrió entonces de dónde venían los extraños sonidos y aquella brisa fresca. En los muros exteriores de la pirámide se habían abierto grietas por las que se colaba el viento produciendo notas, como sucede con los tubos de un órgano.
—¡Vamos, será mejor que regresemos! –propuso Biggi, a quien todo aquello le producía mucha inquietud. Tampoco los chicos querían quedarse allí. A pesar de todo aquel lujo, el lugar tenía un aspecto fantasmal.
Con pasos rápidos, los Tigres iniciaron el regreso. Esta vez eligieron otro corredor y pasaron por una larga fila de esfinges que tenían cabezas de reyes y cuerpos de leones.

De pronto, tenían mucha prisa. Por eso no vieron algo que debió haberles llamado la atención.

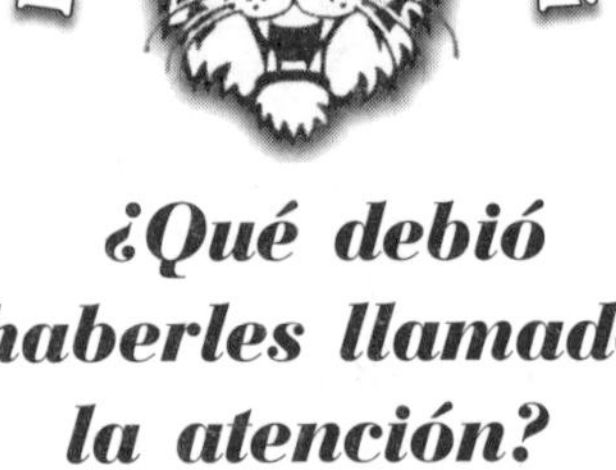

¿Qué debió haberles llamado la atención?

¡Perseguidos!

Los chicos estaban ya en la cámara funeraria de arriba cuando Patrick se dio cuenta de algo. Iluminó el suelo con la linterna y vio que en el polvo estaban marcadas con claridad unas suelas de zapatos que, sin embargo, no eran de ninguno de ellos. Los tres se miraron asustados. La capa de polvo no se había formado más que un poco antes, cuando se había abierto la puerta secreta. Así que eran huellas muy recientes.

—Alguien nos ha seguido –susurró Biggi–. Pero ¿quién?

Luc se agachó para examinar mejor las huellas y pidió a Biggi que pusiera uno de sus pies al lado. Aquel rastro era de alguien que calzaba casi el mismo número que ella.

—¿Puedes averiguar cómo eran los zapatos? –preguntó Patrick.

—Veamos –dijo Luc, y se sacó del bolsillo una tarjeta.

¿Qué clase de zapato dejó esa huella?

Pista Equipo Tigre

¡Utiliza la tarjeta coleccionable!

El autor pasa a la acción

—¡Ya sé quién nos ha seguido! –exclamó Biggi.

—Yo también –dijeron al mismo tiempo sus dos amigos.

—¿Será también el falso faraón? ¿Qué opináis? –preguntó Biggi.

—Con toda probabilidad –respondió Luc.

—¡Tenemos que decírselo enseguida al profesor! –exclamó Patrick.

Y echaron a correr, pero no pudieron llegar muy lejos. Al final de la escalera los estaban esperando. Cuatro figuras disfrazadas de negro surgieron de la oscuridad y cayeron sobre el Equipo Tigre. En cuestión de segundos lograron adormecer a Biggi y a Luc, pero Patrick se defendió con uñas y dientes. Repartió patadas y puñetazos hasta que por fin consiguió soltarse. Salió al exterior a toda velocidad y gritó a pleno pulmón:

—¡Socorro! ¡Socorro! ¡Venid a ayudarme!
Corriendo hacia el campamento, el chico tropezó y, al caerse, se raspó las manos y las rodillas. Jadeando, volvió a levantarse y siguió corriendo.
Sus perseguidores se le acercaban cada vez más.
El corazón le latía como loco y las rodillas le fallaban.
Los gritos encolerizados de los perseguidores se oían cada vez más fuerte y la distancia entre ellos y el chaval se acortaba a ojos vistas.
De pronto, el chico fue alcanzado por un latigazo. Patrick se estremeció de dolor, pero siguió corriendo.
De nuevo restalló el látigo, que esta vez le alcanzó en la pantorrilla. Apretando los dientes, el chico respiró hondo y bramó en medio de la noche:
—¡Socorro! ¡Socorro!
Por fin llegó hasta la tienda del profesor.

Con apresurados movimientos de manos, abrió el cierre de cremallera y se metió dentro.

—¡Rápido, despierte, señor Carter! –gritó el chaval. Pero el profesor no se movía. Patrick retrocedió asustado. ¿Estaría muerto?

Fue entonces cuando se percató de que la cara del arqueólogo estaba cubierta con una anticuada mascarilla anestésica. Justo cuando se disponía a librarle de ella, rajaron el techo de la tienda y seis brazos lo agarraron simultáneamente. Acto seguido, alguien le

aplicó a la cara un paño apestoso. Aunque Patrick contuvo la respiración, notó que perdía las fuerzas y se desplomó.

Catorce horas tardaron en volver en sí el profesor y los integrantes del Equipo Tigre. La cabeza les dolía terriblemente y se encontraban fatal.
A pesar de todo, los tres amigos se acordaban perfectamente de lo que habían vivido aquella noche.
Llevaron al profesor Carter al palacio subterráneo, donde tuvieron que constatar, decepcionados, que los ladrones habían arramblado con todos los tesoros. También los soldados habían desaparecido. Estaba claro que los ladrones habían actuado compinchados con el falso faraón.
—¡Sabemos quién es el ladrón!
–dijo Luc a su tío–. Es uno de tus colaboradores.
El arqueólogo se resistía a creerlo, por lo

que los chicos le dijeron el nombre del sospechoso y fueron a buscarlo a su tienda. Sin embargo, ésta se hallaba vacía.

Pregunta para ti

¿De quién sospecha el Equipo Tigre?

En busca del barco

El profesor Carter estaba loco de rabia. Los del Equipo Tigre habían hecho un descubrimiento sensacional y ahora alguien había robado todos los tesoros.

—¡Francamente, no creía a la Proboscidio capaz de esto! –gruñó Biggi–. Pensaba que quería echarnos de comida a los cocodrilos sólo para demostrar su poder.

Ahora también se explicaba Lucas por qué aquella mujer los había llevado de vuelta al campamento.

—Quería que le averiguáramos dónde estaban escondidos los tesoros del faraón. Y para asegurarse de que no nos rendíamos, hasta nos hizo llegar el mensaje aquel.

El profesor Carter suponía que todos los elementos decorativos de aquella copia de palacio que estaba junto al Nilo también habían sido robados por ella en anteriores excavaciones.

—¡Tenemos que volver a encontrar ese palacio! –dijo Patrick–. Sabemos que está cerca del Nilo y que tiene hasta un barco faraónico.

El profesor estaba de acuerdo con la propuesta, pero comentó:

—La orilla del Nilo, en Egipto, tiene alrededor de mil kilómetros de longitud. Además, existen varias imitaciones de esos barcos.

—¡De todos modos, tenemos que intentarlo! El palacio no puede estar lejos de aquí –afirmó Patrick–. Tened en cuenta que nos llevaron y trajeron en poco tiempo. Sólo unas horas.

Tampoco el profesor quería perder la esperanza. Y viajó con los Tigres hasta El Cairo. Allí alquilaron una avioneta y le indicaron al piloto que volara lo más bajo posible siguiendo la orilla del Nilo.

El día era soleado y podían divisarse con claridad los numerosos barcos que flotaban sobre el ancho río de color azul oscuro. Se trataba de pequeños botes, vapores de lujo, lanchas motoras y... tres barcos de vela como los del Antiguo Egipto. Los tres navegaban por el río, así que no daban pistas sobre dónde se encontraba el palacio.

—¿Alguno de los tres es el que visteis cerca de ese palacio? –preguntó el profesor Carter.

Pregunta para ti

¿Qué opinas tú?

¡Menuda maldición!

Desde el aire, los Tigres observaron el barco que habían reconocido por la vela. Tardó un buen rato en dirigirse a la orilla. Entonces, al examinar con los prismáticos la franja de

tierra, descubrieron el palacio. Estaba oculto entre árboles y camuflado bajo una red. Tras aterrizar, el profesor Carter avisó a la policía. Unas horas más tarde estaba confirmado: la señora Raster era la ladrona. Llevaban tiempo buscándola. En numerosas excavaciones había hecho desaparecer valiosos tesoros. La Proboscidio fue detenida, y los tesoros artísticos, puestos a buen recaudo en un museo.

—¿Y por qué no convertís el palacio en museo? –propuso Luc.

El profesor Carter dijo que reflexionaría sobre aquella propuesta.

—Decidme, ¿habéis vivido alguna vez una aventura tan emocionante como ésta? –preguntó.

Los Tigres sonrieron amplia y orgullosamente.

—¡Vaya si la hemos vivido! ¡Y más de una!

El arqueólogo no salía de su asombro cuando los chicos le contaron los casos que ya habían resuelto.

—¡Diríase que sobre vosotros pesa la maldición de resolver oscuros enigmas y desvelar antiguos secretos! –añadió en tono de broma.

Biggi, Luc y Patrick rompieron a reír.

—Ojalá esa maldición no acabe pronto –dijeron–. Porque nuestro lema es éste:

¡Somos los Tigres,
los más geniales,
y a detectives
no hay quien nos gane!

Por cierto: el próximo caso os llevará hasta Estados Unidos, donde, en pleno centro de Nueva York, secuestran a Patrick con un siniestro helicóptero.

Egipto

Egipto está situado en el noroeste de África y en su mayor parte es desértico. Sólo la zona del valle del Nilo es tierra fértil.

Hace más de tres mil años surgió aquí una de las primeras grandes civilizaciones de la historia.

Los antiguos egipcios creían en una vida más allá de la muerte y proveían a sus soberanos, los faraones, de grandes tesoros para viajar al reino de los muertos. Para ellos muchos animales tenían carácter divino, entre ellos el ibis, el gato, el cocodrilo, la vaca, el halcón y también el escarabajo.

La escritura de los antiguos egipcios era simbólica o ideográfica, y de ella surgieron más tarde los llamados jeroglíficos. Los símbolos podían tener un aspecto semejante:

- quien
- por
- serpientes
- mi
- tumba
- perseguido
- desgracia
- barco
- planta
- en

- descanso
- altere
- y
- morirá
- el Nilo
- ibis
- gato
- será
- cocodrilo

Tarjeta del caso

La maldición del faraón

El cuarto miembro del Equipo Tigre

(pon tu nombre)

ha resuelto este caso...

fatal · flojillo · regular · bien · muy bien · súper

☒☒☒☒☒☒☒☒☒☒☒☒☒☒☒☒☒☐☐

Luc Biggi Patrick

Un caso para ti

...y el Equipo Tigre

Serie policiaca de Thomas Brezina

Caso 1
En el Templo de los Truenos
Caso 2
El fantasma del picadero
Caso 3
El avión fantasma
Caso 4
Los caballeros robots
Caso 5
En la Costa de los Huesos
Caso 6
La maldición del faraón
Caso 7
Un helicóptero de pesadilla
Caso 8
Monstruos invisibles